W9-BZC-799

ISBN 0-7696-4205-5
50395
EAN
9 780769 642055

Derecho del texto © Evans Brothers Ltda. 2005. Derecho de ilustración © Evans Brothers Ltda. 2005. Primera publicación de Evans Brothers Limited, 2a Portman Mansions, Chiltern Street, Londres W1U 6NR, Reino Unido. Se publica esta edición bajo licencia de Zero to Ten Limited. Reservados todos los derechos. Impreso en China. Gingham Dog Press publica esta edición en 2005 bajo el sello editorial de School Specialty Publishing, miembro de la School Specialty Family.

Biblioteca del Congreso. Catalogación de la información sobre la publicación en poder del editor.

Para cualquier información dirigirse a:
School Specialty Publishing
8720 Orion Place
Columbus, OH 43240-2111

ISBN 0-7696-4205-5

1 2 3 4 5 6 7 8 9 10 EVN 10 09 08 07 06 05

Lectores relámpago

de Kay Woodward
ilustraciones de Ofra Amit

Columbus, Ohio

Es hora de ir a dormir.

Listo para la cuenta regresiva.

Diez: un
astronauta limpio.

Nueve: un traje espacial reluciente.

Ocho: zapatos
para andar
en la Luna.

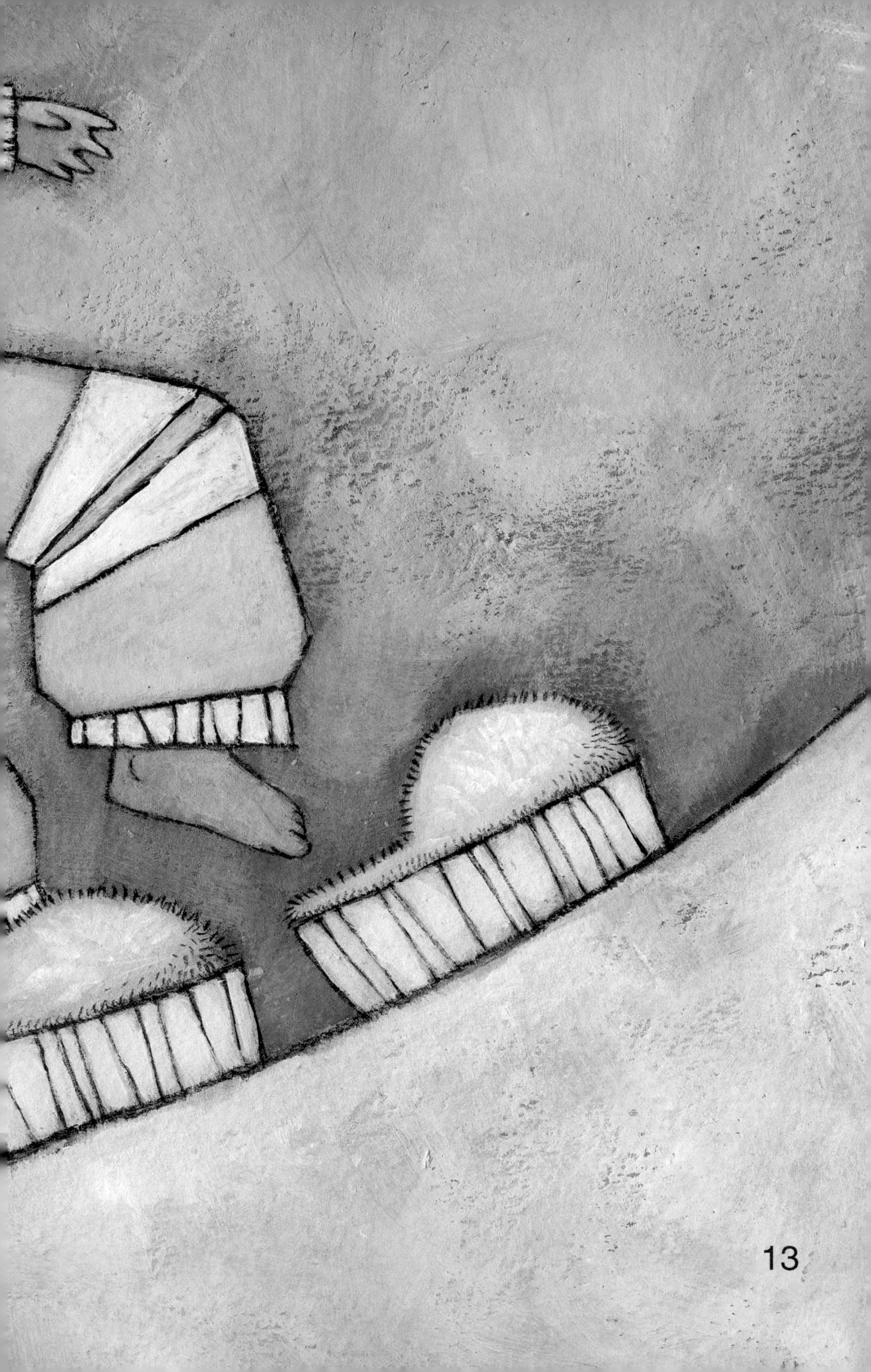

Siete: un libro sobre cohetes.

Seis: jugo
espacial.

Cinco: mi copiloto favorito.

Cuatro: un casco.

Tres: anteojos espaciales.

Dos: un *walkie-talkie.*

Uno: mi propia
nave espacial.

Cero.

¡Zzzzz!

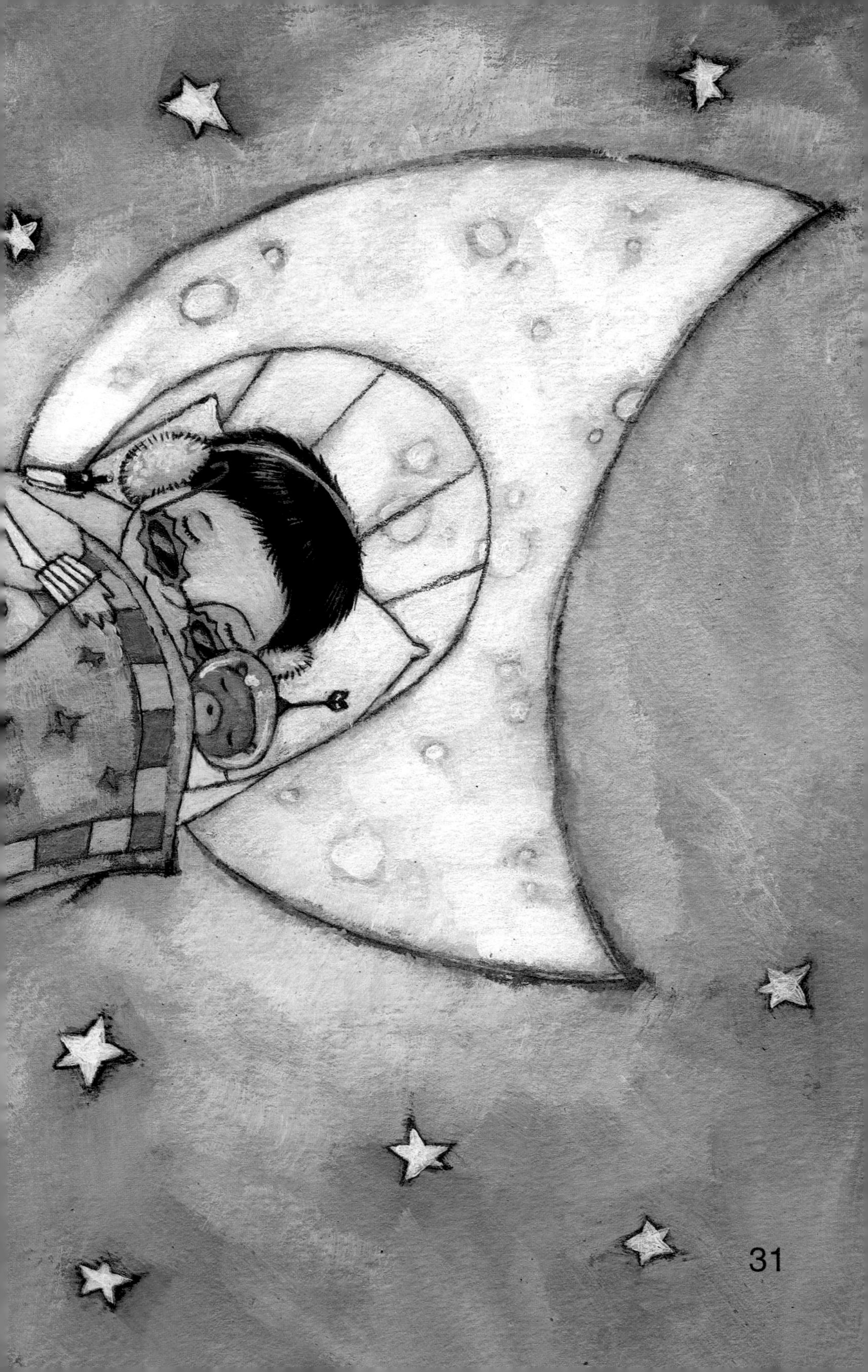

Palabras que conozco

hora	zapatos
listo	cohetes
limpio	espacial
Luna	jugo

¡Piénsalo!

1. ¿Qué es una cuenta regresiva?
2. ¿Cómo te das cuenta de que al niñito le gustan las cosas del espacio?
3. ¿Qué pasó después del cero?

El cuento y tú

1. ¿Te acuerdas de haber hecho alguna vez una cuenta regresiva?¿Por qué contaste hacia atrás?
2. ¿Por qué se cuenta hacia atrás para cosas especiales?
3. ¿Qué cosas reúnes normalmente cuando te preparas para ir a dormir?